꼬마 용 룸피룸피
과자 집의 마녀가 나타났다!

SEOUL, 2012

– 룸피룸피를 가족처럼 대해 주는
어린 베니아미노, 테오 그리고 카밀로에게!

꼬마 용 룸피룸피 과자 집의 마녀가 나타났다!

초판 제1쇄 발행일 2012년 1월 20일
초판 제31쇄 발행일 2022년 3월 20일
글 실비아 론칼리아 그림 로베르토 루치아니 옮김 이현경
발행인 박헌용, 윤호권 발행처 (주)시공사
주소 서울시 성동구 상원1길 22, 6-8층 (우편번호 04779)
대표전화 02-3486-6877 팩스(주문) 02-585-1247
홈페이지 www.sigongsa.com/www.sigongjunior.com

LUMPI LUMPI IL MIO AMICO DRAGO
TUTTA COLPA DEI LAMPONI BLU
Text by Silvia Roncaglia Illustrated by Roberto Luciani
Copyright © Edizioni EL S.r.l., Trieste Italy, 2011
All rights reserved.
Korean translation copyright © Sigongsa Co., Ltd., 2012
This Korean edition was published by arrangement with
Edizioni EL through Young Agency, Seoul.

이 책의 한국어판 저작권은 영 에이전시를 통해
Edizioni EL사와 독점 계약한 (주)시공사에 있습니다. 저작권법에 의해
한국 내에서 보호받는 저작물이므로 무단 전재와 무단 복제를 금합니다.

ISBN 978-89-527-8700-2 74880
ISBN 978-89-527-5579-7 (세트)

*시공사는 시공간을 넘는 무한한 콘텐츠 세상을 만듭니다.
*시공사는 더 나은 내일을 함께 만들 여러분의 소중한 의견을 기다립니다.
*잘못 만들어진 책은 구입하신 곳에서 바꾸어 드립니다.

KC마크는 이 제품이 공통안전기준에 적합하였음을 의미합니다.
제조국 : 대한민국 사용 연령 : 8세 이상
책장에 손이 베이지 않게, 모서리에 다치지 않게 주의하세요.

꼬마 용 룸피룸피

실비아 론칼리아 글
로베르토 루치아니 그림
이현경 옮김

과자 집의 마녀가 나타났다!

시공주니어

신분증

이름　룸피룸피
별명　개인용 용
종류　상상 친구
사는 곳　잠피의 방

국적　환상 세계

색깔　

특징
→ 차가운 불을 뿜는다.
→ 도넛 모양 콧김을 뿜는다.

⭕ 행복할 때
⭕ 기분이 나쁠 때
⭕ 슬플 때

⭕ 겁이 날 때
⭕ 즐거울 때
⭕ 화났을 때

처음에는 잠피도 그냥 상상만 했을 뿐이다. 많은
어린이들이 곰이나 강아지, 자신과 같은 어린이나
천사, 요정 혹은 용 같은 친구를 상상한다. 그렇다.
잠피가 상상한 친구는 바로 작은 용이다. 다른
어린이들도 한번쯤 꿈꾸어 보았을 만한 용이었다.

하지만 어느 날 잠피가 아주 간절하게 생각하자
상상 속 용, 그러니까 지느러미와 꼬리가 있고 비늘에
덮인 용이 정말로 나타났다.

잠피네 아빠가 개인용 컴퓨터를 가지고 일하듯,
그때부터 잠피는 개인용 용과 함께 놀게 되었다.
잠피가 '룸피룸피'라는 이름을 지어 준 상상 친구는
자주 잠피를 찾아왔다. 특히 어떤
문제가 생겨서 일이 잘 풀리지
않을 때.

그날 밤에는 바로 잠피의 배에
문제가 생겼다. 아니, 정확히

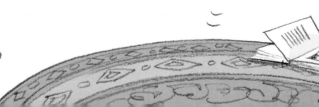

말하자면 일이 잘 풀리지 않는 정도가 아니라 마치 팽이가 거꾸로 도는 것처럼 배 속이 뒤집혔다.

정말 하늘이 노래지는 것만 같았다. 모두 잠피가 욕심을 부려서 음식을 너무 많이 먹은 탓에 벌어진 일이었다.

룸피룸피가 침대 옆 양탄자 위에 나타나서 큰 소리로 말했다.

 "너 정말 큰일 났구나!"

잠피는 배가 너무 아파서, 대답 대신 얼굴을 찡그려 보였다.

꼬마 용이 다시 말했다.

 "엄마가 그렇게 많이 먹지 말라고 하셨을 텐데!"

꼬마 용이 한 마디씩 할 때마다 코에서 작은 불길과 반짝이는 불꽃들이 뿜어져 나왔다.

 "너도 나한테 잔소리하려고 온 거면 네가 온

곳으로 돌아가, 룸피룸피!"

"내가 온 곳은 지금 내가 있는 바로 여기야!"

룸피룸피가 킬킬거렸다. 그러자 방 안에 날카로운
종소리가 울려 퍼졌다. 용 전문가라면 모두 알다시피
용이 웃을 때면 이런 소리가 난다.

잠피는 배가 너무 아파서 꼬마 용의 농담을 금방
이해할 수가 없었다.

"난 네가 상상하는 바로 그곳에 있어, 내 친구 잠피야!" 룸피룸피가 참을성을 가지고 설명했다.

"자존심 강한 상상 친구들이 모두 그래야 하듯, 난 네가 날 놓아두는 곳에 있어야 한다고!"

그렇게 말하고 룸피룸피는 다시 웃기 시작했다. 자기도 모르게 운율에 맞추어서 말한 것이 무척 마음에 들었기 때문이다. 용에 대해 잘 아는 전문가라면 다 알다시피, 용은 운율에 맞추어 시처럼 말하기를 좋아한다.

룸피룸피가 불꽃과 불길을 뿜으며 계속 말했다.

"난 네 머릿속에 있어. 그리고 네 배 속에는

초콜릿 아이스크림이 1킬로그램쯤 들어 있고!"

 "그 말은 하지 마!"

잠피가 괴로워하며 소리쳤다.

 "'배'라는 말?"

 "아니, '아이스크림'! 토할 것 같아!"

 "그럼 배라는 말은 해도 돼?"

 "그 말도 안 돼. 그 말을 들으면 배가 너무
아프다고!"

 "그럼 왜 날 불렀어?"

잠피는 눈이 아주 큰 꼬마 용을
바라보았다.

꼬마 용은 온몸이 어두운 파란색
비늘에 덮여 있고, 노란 발톱에

초록빛이 도는 하늘색 지느러미와 꼬리를 가지고
있었다.

　잠피는 힘없이 생각했다.

　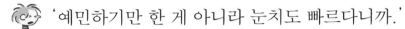'예민하기만 한 게 아니라 눈치도 빠르다니까.'

　"신경 쓰지 마, 농담한 거야!"

룸피룸피가 다시 날카로운 종소리를 내며 웃었다.

　"난 다른 때와 마찬가지로 널 위로하러 왔어!"

잠피가 투덜거렸다.

　"그런 것 같지 않은데!"

꼬마 용이 상냥하게 물었다.

　"너 가고 싶은 데가 어디야?"

　"아무래도, 아무래도…… 토하러 가야 할 것
같아!"

　그날 오후 잠피는 여자 친구 라켈레의 생일 파티에
갔었다. 엄마가 단것을 너무 많이 먹으면 안 된다고
말했지만, 잠피는 제일 좋아하는 초콜릿 아이스크림을

10

정신없이 먹어 댔다.

　엄마는 처음에는 조금 나무랐다. 그러다가 아픈
잠피를 보자 한숨을 쉬었다.

　“사랑한다, 먹보 어린이!”

　엄마는 잠피를 꼭 껴안아 주고 침대에 눕혀
주었다. 그리고 따뜻하고 맛있는 레몬차를
가져다가 침대 머리맡 탁자에 놓아두었다.

하지만 잠피는 그 차를 마실 수 없었다. 이따금씩 한숨을 쉬거나 끙끙거리기만 했다.

룸피룸피가 결론을 내리듯 말했다.

🐺 "엎질러진 우유를 보고 울어 봐야 소용없어!"

잠피가 화를 냈다.

😝 "뭐라고? 난 내가 먹은 초콜릿 아이스크림 때문에 우는 거지, 우유랑은 아무 상관도 없어!"

룸피룸피가 날카롭고 요란한 종소리 같은 소리를 내며 다시 웃기 시작했다. 그건 잠피가 자기 말을 알아듣지 못해서이기도 했고, 자기가 한 말이 멋진 시 같기 때문이기도 했다.

룸피룸피는 느긋하게 설명했다.

🐺 "말하자면 그렇다는 거야. 이미 벌어진 일 때문에 불평해 봐야 소용없다는 뜻이야. 이제 그 생각은 그만해! 다른 데로 관심을 돌리면 기분이 좀 나아질 거야. 그래서 내가 여기 온 거고!"

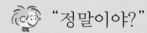 "정말이야?"

"맹세해! 내 등에 타, 대장. 떠나자! 내가 벌써
네 베개를 등에 올려놓았어."
잠피는 하늘을 날기 전에 늘 룸피룸피의 등에다가

베개를 얹고 커튼 묶는 끈으로 묶어 놓곤 했다. 용의
등은 비늘이 너무 딱딱하고 거칠어서 앉아 있기가
불편하지만 즉석에서 만든 그 부드러운 안장 덕분에
편안히 여행할 수 있었다.

잠피가 룸피룸피에게 부탁했다.

 "제발, 천천히 날아 줘! 그리고 절대로 방향을
바꾸면 안 돼. 그러면 난 정말 토할 거야! 그런데
어디로 갈 거야?"

"방향을 바꿀 수 없으니까 곧장 앞으로
가기만 해야지!"

룸피룸피는 아주 조심스럽게, 몸을 흔들거나
방향을 바꾸거나 갑자기 튀어 오르지도 않으면서
하늘로 날아올랐다. 한마디로 말해, 정말 멋진
이륙이었다.

그런 다음, 눈앞에 펼쳐진 어둠 속으로 곧장
날아갔다. 온통 짙푸른 밤하늘을 날아가는 어두운

파란색 꼬마 용은 정말 눈에 띄지 않았다. 잠피가
자기만의 용이 밤하늘 같은 색이었으면 하고 상상한
이유가 바로 이것이다. 그러니까 작전상 한밤중에
달아나야 하는 일이 생기면, 룸피룸피가 밤하늘과
똑같은 색인 것이 큰 도움이 될 테니까.

꼬마 용이 호기심 가득한 목소리로 크게 외쳤다.

 "앞으로만 곧장 가면 어디에 도착할지 보자!"

 "그래, 가 보자!"

한밤의 신선한 공기가 얼굴에 와 닿자 잠피는 정말
기분이 좋아졌다. 체한 것도 이제 많이 가라앉은 것
같았다. 그래서 잠피는 이 새로운 모험이 고맙게
느껴지기 시작했다.

마을과 도시의 불빛들이 사라진 뒤, 갑자기 드넓은
숲의 검은 그림자가 나타났다. 반짝이는 시냇물이 그
숲을 가로질러 흐르고 있었다.

 "내려가자, 룸피룸피! 내 생각에 모험을

하기에는 숲이 최고일 것 같아!"

 "굉장히 어두운 숲인걸."

잠피가 룸피룸피를 놀렸다.

 "이 겁쟁이 용!"

잠피는 상상 친구가 이렇게 겁낼 때마다 깜짝 놀라곤
했다. 잠피는 이런 겁쟁이 용을 상상한 적이 없었다.
아니, 오히려 작지만 힘 있고, 빈틈없이 영리하고,
용감한 용을 꿈꿨다.

룸피룸피가 도넛 모양의 회색 콧김을 뿜기 시작했다.
몹시 자존심이 상해 기분이 나쁘다는 신호가 분명했다.

자존심에 상처를 입은 용은 절대 좋은 길동무가 될
수 없다. 더구나 착륙할 바로 그 순간에 용이 화가
났다면 더 난처한 일이 생긴다. 잠피가, 아니 잠피의
배가 그 사실을 알아차렸다. 룸피룸피는 나뭇가지와
나뭇잎 들을 아슬아슬하게 피해 지그재그로 재빨리
날다가, 세 번이나 땅에 세게 부딪혀 튀어 오르고서야

거대한 숲의 빈터에 내려섰다.

잠피가 세 번 숨을 크게 내쉬고, 작게 트림을 했다.

꼬마 용이 걱정스러운 목소리로 물었다.

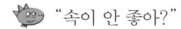 "속이 안 좋아?"

잠피가 쌀쌀맞게 대답했다.

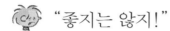 "좋지는 않지!"

"배고파?"

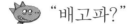 "그런 말은 정말 듣고 싶지 않아!"

"안됐다. 그런데 저쪽에 뭔가 있는 것

같아……. 세상에, 정말 멋진 집이다!"

룸피룸피가 꼬리로 나무들 사이에 있는 작은 집을

가리키며 외쳤다.

잠피가 동화책에서나 봤던 그런 집이었다.

비스킷으로 만든 벽에 마르차파네(아몬드와 설탕,

달걀을 섞은 것으로 과자나 케이크 위를 장식할 때 쓴다 : 옮긴이) 지붕, 초콜릿 막대로 만든 창틀이 있는 놀라운 집이었다. 초콜릿으로 만든 굴뚝에서는 구운 아몬드와 캐러멜 냄새가 섞인 향긋한 연기가 피어오르고 있었다.

잠피는 이런 과자 집을 발견하기를 몇 번이나 꿈꾸었다. 그런데 무시무시하게 구역질이 나고 배가 아픈 바로 지금, 과자 집이 나타나다니!

하지만 곧 생각을 고쳐먹었다.

 '차라리 더 잘됐어!'

잠피는 동화책 〈헨젤과 그레텔〉을 또렷하게 기억하고 있었기 때문에, 이 과자 집에 무섭고 놀라운 것이 숨어 있다는 것도 알고 있었다.

잠피가 룸피룸피에게도 말하려고 했지만 그럴 틈이 없었다.

비스킷 벽에는 초콜릿, 캐러멜, 딸기와 체리 사탕,

그리고 아주 크고 희귀한 블루베리가 박혀 있었다.

용 전문가들이라면 잘 알다시피 모든 용은, 특히

파란 용은 블루베리를 아주 좋아한다.

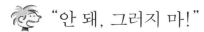 "안 돼, 그러지 마!"

잠피가 소리를 지른 바로 그 순간, 룸피룸피는

블루베리를 한입에 넣고 맛있게 먹어 치웠다. 이제

룸피룸피의 코에서는, 용이 행복하고 만족스러울 때

내뿜는 분홍색 콧김이 나오고 있었다.

"겁낼 것 없어. 난 너처럼 체할 일이 전혀

없으니까!"

룸피룸피가 친구를

안심시켰다.

"첫째, 내 위는

용의 위야. 둘째,

안타깝게도

이 블루베리는 정말

몇 개 안 돼!"

 "셋째, 저건 마녀야!"

잠피가 말을 마치자 마자, 과자 집 앞에 등이 굽은
매부리코 노파가 나타났다. 노파의 손은 흉하게
일그러졌고, 손톱은 길고 한없이 뾰족했다.

노파가 으스스한 목소리를 되도록 부드럽게 내려고
애쓰며 물었다.

 "몇 개 안 된다고 그랬니? 들어와라,
귀염둥이야. 내가 블루베리 시럽과 블루베리
타르트(과일을 얹은 파이의 일종 : 옮긴이), 그리고
블루베리 푸딩을 주마!"

이번에는 잠피가 조심하라고 한마디 말할 틈도
없었다. 이미 룸피룸피가 과자 집 안으로 들어가고
문이 닫힌 뒤였다.

상상 친구가 그런 위험에 빠지게 놔둘 친구는
아무도 없을 것이다. 잠피는 급히 달려가서 비스킷과

마르차파네로 만든 문을 미친 듯이 두드렸다. 이렇게
하면 〈헨젤과 그레텔〉에 나오는 사악한 마녀, 아니
어쩌면 그보다 더 못됐을지도 모를 마녀의 집으로
들어가야 한다는 것을 알고 있었지만 말이다. 그런데
마녀는 왜 잠피는 잡아가지 않은 걸까?

　그때 문이 살짝 열리더니, 문틈으로 노파가 긴
매부리코를 내밀고 슬쩍 내다보았다.

　"원하는 게 뭐냐, 냄새나는 기생충아?"

　왜 이러지? 마녀들은 어린이들을 좋아할 텐데?

이 마녀는 왜 잠피를 '냄새나는 기생충'이라고
부르는 걸까? 잠피는 도무지 이해할 수가 없었다.
어쩌면 잠피가 잘못 본 것인지도 모른다. 이 노파는
마녀가 아닐 수도 있다. 그래서 잠피는 노파에게
애원했다.

　"제 친구를 다시 만나고 싶어요. 제발 친구를
내보내 주세요!"

　"네 친구는 이제 자기가 원하는
것을 스스로 선택할 수 있을
만큼은 컸다. 그리고 내가
보기엔 나오고 싶은 생각이
전혀 없는 것 같은데. 네
친구는 간식을 먹고 싶어
해. 그렇지, 애야?"

노파가 집 안쪽을 돌아보며
묻자, 대답 대신 개수대에서

물이 빠지는 것 같은 꾸르륵 소리가 크게 들려왔다.
룸피룸피가 블루베리 시럽을 마시는, 아니 들이켜는
소리였다.

노파가 다시 잠피를 돌아보며 물었다.

 "너는 할 줄 아는 게 뭐냐?"

 "청소요. 설거지도 할 수 있어요!"

잠피는 깊이 생각할 것도 없이 대답했다. 동화
속에서 마녀가 그레텔을 하녀로 삼았던 기억이
떠올랐기 때문이다.

 "아! 그러면 들어와라, 뽀루지 난 꼬마
거미야!"

잠피는 정말 기분이 나빴다.

만약 잠피가 용이었다면 회색, 아니 시커먼 색
콧김을 마구 내뿜었을 것이다!

잠피는 초콜릿이 소화가 안 되는 바람에 턱에
뽀루지가 두 개쯤 났을 뿐이다. 그런데 사마귀에

물혹투성이인 못생긴 마녀가 잠피를 '뾰루지 난 꼬마 거미'라고 부른 것이다!

잘 생각해 보면 엄마도 가끔 잠피를 '꼬마 거미'라고 부르곤 했다. 잠피가 마른 데다가 팔다리가 길기 때문이다. 하지만 마녀가 말한 '꼬마 거미'는 엄마가 머리를 쓰다듬어 주며 사랑을 가득 담아 부르는 별명이랑은 전혀 달랐다.

어쨌든 노파는 잠피의 팔을 거칠게 잡아당겨서 집 안으로 끌고 들어갔다. 그러더니 열쇠를 네 번 돌려 문을 잠그고 거기에 자물쇠 두 개를 채워 버렸다.

그 바람에 잠피는 속이 울렁거렸다. 이번에는 겁이

나서였다!

　그래도 만족스럽게 웃고 있는 룸피룸피를 보자
잠피도 조금 진정이 되었다. 룸피룸피는 아주 기분이
좋아 불룩한 배에 앞발을 얹고 있었다. 룸피룸피가
교양 없이 트림을 하며 잠피에게 인사를 했다.
그러고는 앞발로 마지막 타르트 조각을 집으며 기쁜
목소리로 크게 말했다.

　"내가 먹어 본 타르트 중에 가장 맛있어! 네가
소화가 안 돼서 먹고 싶은 생각이 전혀 없다니 정말
안타깝다. 네가 얼마나 맛있는 걸 놓쳤는지 모를
거야!"

　"룸피룸피, 지금 너무 많이 먹고 있어! 그만
좀 먹어, 이 먹보야! 나중에 배가 아플 테니 두고 봐.
간이 수박처럼 커질 거라고!"

　잠피가 룸피룸피를 나무랐다. 그 말을 듣자 노파는
좋아서 어쩔 줄 몰라 했다. 그리고 손뼉을 치며 까마귀

울음소리 같은 목소리로 말했다.

"수박처럼 커진다고? 그래, 그래! 그거
굉장하겠는데? 맛있겠어!"

그러더니 갑자기 표정을 바꾸고 뾰족한 손가락으로
룸피룸피를 가리키며 낮게 중얼거렸다.

"담즙과 옴(옴 진드기 때문에 생기는
피부병 : 옮긴이), 두꺼비와 분노, 우리에 갇혀라!"

그러자 곧 공중에 쇠막대들이 나타나서 순식간에
가엾은 룸피룸피를 둘러싸더니, 절대 빠져나올 수
없는 우리로 변해 버렸다.

마녀가 읊은 시는 멋졌지만, 이번에는 룸피룸피도
미소를 지을 수 없었다. 쇠막대 하나가 룸피룸피의
앞발과 코를 스치고 지나가는 바람에 그때까지 들고
있던 마지막 타르트가 반쪽으로 잘렸기 때문이다.
룸피룸피는 몸을 떨고 꼬리로 바닥을 탁탁 쳤다. 마치
몹시 겁이 날 때 우리가 이를 딱딱 부딪치는 것처럼
말이다.

　　잠시 후 룸피룸피의 코에서 도넛 모양의 파란
콧김이 나오기 시작했다. 용 전문가들이 잘
알다시피, 이것은 두말할 것도 없이
룸피룸피가 공포에 사로잡혔다는,
그러니까 겁에 질렸다는
신호였다.

　　이제 잠피의 의심은
완전히 사라졌다.
노파는 정말 무서운

마녀가 틀림없었다.

 "당장 내 용을 풀어 줘요!"

잠피는 자기도 모르게 우리에 달라붙어, 있는 힘을
다해 쇠창살을 잡아당겨 보았다.

마녀가 귀에 거슬리는 소리로 한참 동안 웃어 댔다.

"바보 같은 짓 하지 마라! 그 막대는 티타늄
(비행기를 만들 때 쓰는 단단한 금속 : 옮긴이)으로
만든 마법 막대다. 네 친구를 풀어 줄 생각은
눈곱만큼도 없다. 풀어 주지 않고 잔뜩 먹여서
살찌울 거다!"

마녀는 잠피 앞에다
블루베리가 잔뜩 든
상자 몇 개를 갖다
놓더니 명령했다.

 "당장 블루베리
시럽, 블루베리 푸딩, 블루베리
타르트를 더 만들어라. 여기 요리법이 있다."

마녀가 낡은 요리 책을 잠피에게 건네주었다.

그 많은 블루베리들을 보자, 우리에 갇혀 겁에 질려
있던 룸피룸피의 코에서 공포의 콧김이 사라져 버렸다.

 "자, 전부 용에게 먹이로 주어라!"

마녀가 계속 말했다.

 "그다음에는 내가 밥을 먹어야지, ㅎㅎㅎㅎ!"

마녀가 먹을 것도 준비해야 한다고 생각한 잠피가
물었다.

 "할머니한테는 무슨 요리를 해 드리면 되죠?"

"아, 내가 먹을 건 내가 알아서 하마. 맛있는 음식을 내 손으로 직접 요리할 거니까, 흐흐흐흐!"

그 사악한 웃음소리를 들으니 왠지 불길한 느낌이 들었다. 그래서 잠피는 계속 물어보았다.

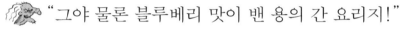"무슨 요리를 할 건데요?"

마녀가 만족스러운 듯 손을 비비며 대답했다.

"그야 물론 블루베리 맛이 밴 용의 간 요리지!"

그 말을 듣자 잠피는 자기 몸이 푸딩처럼 흔들리는 것 같았다. 룸피룸피는 겁에 질려 창백해졌다. 그래서 순식간에 파란빛이 희미하게 도는 용이 되어 버렸다. 코에서는 커다란 도넛 모양의 파란 콧김이 뭉게뭉게 피어올랐다.

마녀가 설명했다.

"네 용이 블루베리를 잔뜩 먹어 간이 수박처럼 커지고, 거기에 블루베리 맛이 배면 말이지."

잠피가 너무 놀라 말을 더듬었다.

"그러니까 할머니가, 할머니가…… 내 친구를 먹을 거라고요? 왜요?"

"그거야 네가 초콜릿을 맛있어 하듯, 내게는 블루베리 맛이 나는 간이 초콜릿만큼 맛있으니까! 그럼 이제 일을 해라!"

잠피는 어쩔 수 없이 마녀의 요리 책에 적힌 대로 다른 재료들과 블루베리를 섞고, 젓고, 무게를 달고, 요리를 했다. 그러면서 친구를 구할 방법을 생각했다. 아니, 머리를 쥐어짰다.

밤이 되자 룸피룸피는 잠피가 만든 맛있는 블루베리 요리들을 모두 다 먹어야만 했다. 사실 룸피룸피가 워낙 블루베리를 좋아하기 때문에 먹이려고 애쓸 필요도 없었다.

잠시 후 마녀가 룸피룸피에게 다가가서 말했다.

"네 앞 발가락 하나를 우리 밖으로 내밀어 봐라!"

룸피룸피가 앞 발가락 하나를 내밀자, 마녀는
투덜거렸다.

"안 돼, 안 돼. 네 간은 아직 준비가 안 됐어.
발톱 색이 노랗잖아. 발톱까지 파란색으로 변하면,
네 간에 블루베리가 딱 맞게 뱄다는 뜻이지!"

이 말을 듣자 잠피에게 좋은 생각이 났다. 유명한
동화 〈헨젤과 그레텔〉에도 나오는 방법이니까 잠피가
처음 생각해 낸 것은 아니다.

잠피는 룸피룸피에게 암탉의 발 하나를 주면서
말했다.

"내 말 잘 들어, 룸피룸피. 마녀가 너에게 '네
앞 발가락을 하나 내밀어 봐'라고 할 때마다 이
닭발을 내밀어야 해. 늙으면 눈이 잘 안 보이니까
아마 눈치채지 못할 거야!"

룸피룸피가 큰 머리를 위아래로 끄덕였다.
룸피룸피는 친구가 하라는 대로 할 것이다. 그렇게

생각하니 잠피는 훨씬 마음이 편해지고 자신감이
생겼다. 마녀가 〈헨젤과 그레텔〉에 나오는
마녀처럼 군다면, 잠피도 그레텔처럼 하면 된다.
적당한 때가 오면 마녀를 화덕에 던져 버리는
것이다. 마녀는 분명 화덕에서 용의 간을 요리할
생각이겠지?

　　잠피가 마녀에게 물었다.

 "그런데 할머니는 용을 많이 죽였나요?
블루베리 맛이 밴 간을 화덕에 많이 구워
먹었어요?"

　　마녀가 솔직히 털어놓았다.

"안타깝게도 아직 못 먹어 봤다! 너도 알잖니. 용은 불을 뿜어 대는 아주 위험한 동물이야. 우리 마녀들에게 불은 특히 위험하거든. 예를 들면, 너도 분명히 알고 있겠지만, 〈헨젤과 그레텔〉에 나오는 마녀는 화덕에서 불타 죽었잖아! 하지만 나에게는 그런 일이 일어날 수 없어. 난 블루베리가 밴 간을 날것으로 먹을 생각이거든. 골파를 다져 넣고 레몬 즙을 뿌리고 후추와 생강을 곁들여서 말이야. 화덕은 필요 없단다, 꼬마야. 기대하지 마라, 흐흐흐흐!"

마녀가 꼭 잠피의 생각을 읽기라도 한 것처럼
사악하게 웃으면서 말을 마쳤다.

잠피는 모든 희망이 물거품이 되는 것을 느꼈다.
그리고 마녀가 그다음 말을 했을 때 아까보다 더 깊은
절망에 빠졌다.

"네 꼬마 친구 때문에 내가 위험해질 일은
하나도 없어. 저 용은 우스꽝스럽고 아무 쓸모도
없는 차가운 불을 내뿜거든, 호호호호!"

이런, 그 말은 사실이었다! 게다가 그것은 다 잠피
때문이었다. 상상 친구와 함께 놀다가 불에 델 염려가
없도록 차가운 불을 뿜는 용을 상상한 것은 바로
잠피였다!

그날 밤 잠피는 잠을 잘 수 없었다. 하지만
새벽녘이 되자 좋은 생각이 떠올랐다.

다음 날 아침, 마녀가 어제처럼 맛있는 블루베리
요리를 만들라고 명령하자, 잠피는 신이 나서 열심히

일했다. 그리고 마녀가 말한 것보다 훨씬 더 많은
요리를 만들었다.

마녀가 잠피를 칭찬했다.

"훌륭하다, 얘야! 이제 네 친구에게 모두
먹일 테니 두고 봐라!"

이번에는 룸피룸피가 먹기에도 양이 너무 많아서,
얼마만큼 먹고 난 뒤 큰 소리로 트림을 하더니
잠피에게 따지기 시작했다.

"이제 더는 먹을 수가 없어! 그만! 배 아파!"

잠피가 룸피룸피를 다독였다.

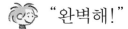 "전부 다 먹어야 해, 룸피룸피. 날 믿어. 이건
중요해!"

"먹을 수가 없어. 배 속에서 불이 나는 것 같단
말이야. 토할 것 같아!"

잠피가 신이 나서 말했다.

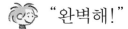 "완벽해!"

그러고는 남아 있는 블루베리 푸딩과 타르트 들을
룸피룸피에게 억지로 다 먹게 했다. 룸피룸피는
입안에 가득한 블루베리들을
뱉어 내며 따졌다.

"우웩우웩!
우웩우웩! 도대체 뭐가
완벽하다는 건지
모르겠어. 지금 나는
몸이 너무 안 좋단

말이야!"

잠피가 소곤거렸다.

"날 믿어. 어떻게 해야 할지 알고 있다고!"

식사가 끝나자, 어제처럼 마녀가 룸피룸피에게
다가와서 말했다.

"앞 발가락을 쇠창살 밖으로 내밀어 봐라!"

룸피룸피는 몸이 너무 아파서 마녀에게 닭발을
내밀어야 한다는 것도 잊어버렸다. 마녀는 룸피룸피의
커다랗고 파란 발톱을 보자 흥분해서 소리쳤다.

"다 됐구나! 이렇게 짙푸른 발톱은 생전 처음
봐! 네 간에 블루베리가 진하게 뱄어."

룸피룸피가 끙끙거리며 말했다.

"내 간이 어마어마하게 커졌다는 뜻이겠지!"

마녀가 룸피룸피를 죽여 생간을 빼내기 위해 우리를
여는 순간, 룸피룸피는 더는 참지 못하고 뜨거운
불길을 토해 냈다. 불길은 마녀의 얼굴에 곧장

쏟아졌고, 사악한 마녀는 연기 나는 한 줌의 재로
변해 버렸다.

룸피룸피가 깜짝 놀라서 물었다.

 "어떻게 된 거지?"

 "내가 바라던 대로 된 거지!"

잠피가 기뻐서 외쳤다.

 "효과가 있었구나! 아까 음식을 너무 많이
먹어서 네 배 속이 여기저기 타는 것 같다고 했지?

그래서 결국 네 차가운 불길도 뜨거워져 버린
거야!"

"아, 그래? 그렇게 된 거야?"

"그래, 널 상상한 게 바로 나잖아!"

"그런데 난 몸이 너무 안 좋아!"

"그래도 넌 살았고 자유를 되찾았어!"

룸피룸피는 두 번이나 미소를 지어 보려고 했다.

한 번은 잠피가 시처럼 멋진 말을 한 것을 기념하기
위해서, 또 한 번은 되찾은 자유를 위해서. 하지만
미소를 지은 게 아니라 아파서 얼굴을 두 번 찡그린
것처럼 보였다.

잠피가 룸피룸피를 힘껏 껴안고 주둥이에 입을
맞추며 말했다.

"사랑해, 먹보 용아!"

잠피는 룸피룸피에게 따뜻한 레몬차를 주며
마시라고 했다. 그런 다음 룸피룸피가 다시 기운을

차릴 때까지 기다렸다. 사실 룸피룸피의 배 속에 엄청나게 많은 블루베리가 있어서, 아직은 날 수가 없었기 때문이다.

드디어 몸이 개운해지자 꼬마 용이 말했다.

"이젠 날 수 있어. 그런데 아직 방향을 바꿀 수는 없어!"

"문제없어!"

잠피가 룸피룸피를 안심시켰다.

"곧장 날아서 여기까지 왔잖아. 곧장 날아가기만 하면 우리 집으로 돌아갈 수 있을 거야."

그렇게 해서 잠피와 잠피만의 용은 건강하게, 무사히 집으로 돌아왔다.

착륙하자마자 잠피는 침대에 누웠다. 엄마가 이불을 다시 잘 덮어 주고 잠피의 몸 상태가 어떤지 확인하러 왔을 때는 이미 반쯤 잠들어 있었다. 너무 피곤했기

때문이다.

 "좀 나아졌니, 꼬마 거미야?"

엄마가 잠피의 이마를 쓰다듬으며 물었다.

"따뜻한 레몬차를 마시니까 나아졌지?"

"음, 음, 훨씬 좋아요."

잠피가 하품을 하며 말했다.

"그런데 그 레몬차는 룸피룸피에게 줘야

했어요. 룸피룸피가 너무 아팠거든요. 엄마도

아세요? 룸피룸피가 블루베리를 너무 많이

먹었어요!”

“아, 그래? 불쌍해라! 룸피룸피는 지금 어디 있니?”

“제가 돌려보냈어요. 있잖아요, 용의 배 속이 타는 것 같을 때는 아주 위험해요.”

“뜨거운 불을 토해 내니까?”

“네, 맞아요!”

“네 친구 룸피룸피에게 좀 더 조심하라고 말해야겠다! 먹을 때 너무 욕심을 많이 부려. 그리고…….”

“알아요, 그리고 너무 엄살이 심해요! 꼭 전할게요! 안녕히 주무세요, 엄마!”

“잘 자라, 잠피!”

옮긴이의 말

부모님께 꾸중을 들었을 때, 형제나 친구들과 다투었을 때, 늘 내 편이 되어 위로해 주는 마음이 맞는 친구가 있으면 좋겠다는 생각을 모두들 한 번쯤은 해 보았을 겁니다. 이 책의 주인공인 파란 용 룸피룸피는 바로 그런 마음으로 잠피가 상상해 온 친구입니다. 잠피가 어느 때보다 간절하게 친구를 원했던 어느 날, 룸피룸피는 정말로 잠피에게 찾아왔습니다. 그리고 잠피의 '개인용 용'이 되어 주었지요.

잠피가 아이스크림을 너무 많이 먹어 배탈이 났을 때나 학교에서 맞을 예방 주사 때문에 겁을 내고 있을 때, 갖고 싶은 물건을 엄마가 사 주지 않아 심통이 났을때……. 잠피에게 고민이나 문제가 생길 때면 늘 룸피룸피가 나타나서 잠피를 위로하며 해결책을 찾기 위해 같이 모험을 떠납니다.

잠피와 룸피룸피는 알라딘의 요술 램프를 발견하기도 하고, 잠자는 숲 속의 공주와 장화 신은 고양이를 만나기도 한답니다. 이번 이야기에서는 욕심을 부리다가 배탈이 난 잠피를 위로해 주기 위해 길을 나섰다가 〈헨젤과 그레텔〉에 나오는 과자집의 마녀에게 잡히고 말았어요.

그런데 동화 세계에서는 잠피가 아닌 룸피룸피가 욕심을 부립니다. 현실에서 잠피가 그랬던 것처럼 말입니다. 룸피룸피는 잠피처럼 겁이 많고 실수도 많이 하는 어린 용이기 때문입니다. 잠피는 재치와 용기를 발휘해 위험에 빠진 룸피룸피를 구해 냅니다. 그리고 두 욕심쟁이는 자연스럽게, 욕심을 너무 많이 부리면 안 된다는 것을 배우지요.

변덕스럽고, 욕심 많고, 엉뚱하기는 하지만 사랑스러운 꼬마 용 룸피룸피와 잠피의 모험 이야기를 읽으며 동화 세계를 마음껏 여행하고, 자기만의 상상 친구를 꿈꾸어 보세요.

이현경

기분에 따라 달라지는 색색 콧김에
차가운 불을 내뿜는 작고 파란 꼬마 용
룸피룸피 책갈피를 모아 보세요!

점선을 따라 오리세요.

꼬마 용
룸피룸피